KB267797

유수의 꿈

※본 시집은 한국문예진흥원의 진흥기금을 지원받아 제작되었음.

미래시선 129
유수의 꿈

· 지은이 | 강 만
· 펴낸이 | 임종대
· 펴낸곳 | 미래문화사

· 찍은 날 | 2003년 8월 30일
· 펴낸 날 | 2003년 9월 5일

· 등록 번호 | 제3-44호
· 등록 일자 | 1976년 10월 19일
· 주소 | 서울시 용산구 효창동 5-421
· 전화 | 715-4507 / 713-6647
· 팩시밀리 | 713-4805

· Homepage | www.mrbooks.co.kr
· E-mail | miraebooks@korea.com
　　　　　 mirae715@hanmail.net

ⓒ 2003, 미래문화사
· ISBN | 89-7299-265-8 03810

· 정가 | 6,000원

유수의 꿈

강만 제3시집

미래시선 129

미래문화사

시인의 말 · 1

서시

내 한 생애의 슬픈 운명이
신과 사람을 향해 쏘았던
피묻은 화살을
강에 씻는다

서녘 놀에 반짝이는
오
흐르는 물의
광휘여.

차례

대지에 스며든 빗방울들
둥근 젖가슴 풀어헤치네
아득히 들려오는
씨앗들의 젖 먹는 소리

1

자선自選 21

순한 귀

봄날 텃밭에 상추씨 뿌렸네
밤에 실비 오시네
빗방울들의 발자국 소리 자분자분
귓가로 날아드네
귀가 꽃처럼 열리네

대지에 스며든 빗방울들
둥근 젖가슴 풀어헤치네
아득히 들려오는
씨앗들의 젖 먹는 소리

이제는 그 소리도 들을 수 있네
세월이 정갈하게 씻어
베개 위에 얹어 놓은
순한 귀.

복낙원 復樂園

볕 좋은 날
아기 이불을 턴다

밤마다 아기의 몸 안으로 들어가
놀다 오는 꿈들이
이불 속에서 나비처럼 날아오른다
이불 홑창에 숨어 있던 아기 웃음들도
까르륵 흩어진다

다 털어 깨끗해진 이불에
쭉쭉 뿌리를 내리고
햇살이 숲을 이룬다
이불은 따뜻한 낙원이다

조상들이 쫓겨났던 그 땅에
누군가
알몸의 아기를 눕힌다.

빈 집에 눈 오다

청어처럼
싱싱하던 물방울들이
머리가 허옇게 세어서야 돌아와

한겨울
빈 집을 기웃거린다

저녁이면 텃밭에서 그리움을 뽑아
송송송 도마질하던 소리
기억보다 어두운 등불 아래
혼자 살던 여자가
꽃이 되어 떠나버린 집

머리가 허옇게 세어서야
눈발 속으로
누군가 돌아오고 있다.

관수觀水

가을 물 위에 송광사가 떠 있다

가람의 잿빛 지붕 위로
범종 소리가 새처럼 날아오른다
한 생애를 아름답게 마친 잎들이
산을 내려와
시나브로 물을 건넌다
건너편 은빛 자작나무 숲이 눈부시다

떠나고 머무름이 어찌 우리 뜻이랴

세상보다 큰 어둠이 조용히 와
송광사를 다리고 간다

공空

아름다운 비밀

강은 언제나 나에게로 흘러옵니다

푸른 아침 아니면 눈오는 밤 늦은 식탁에서도 작은 그릇
들을 돌아 강은 내게로 흘러오고 이불 위에 모란꽃 피어
눈부신 침실에서도 더러는 눈물 스며 소금밭이 된 베갯머
리 돌아 강은 서늘하게 나에게로 흘러옵니다 밤마다 산사
의 처마 밑 청동물고기의 울음 같은 강물 소리에 고단한
나의 잠은 언제나 날개를 치고 상념의 숲 쪽으로 날아가
버립니다 강은 무슨 연유로 겨울 바닷가 해오라기처럼 쓸
쓸히 흔들리는 나에게 그리도 간절히 흘러오는 것일까요
하기야 세상에는 이유가 없는 필연인지 우연인지도 알 수
없는 일들이 많음을 나는 압니다 다만 나에게로 조용히
흘러와 내 영혼의 들녘에 지천으로 꽃을 피워 가난한 영
혼을 다독여주는 그 고운 강이 그대라는 것만은 이승의
아름다운 비밀로 남기고 싶습니다.

기다림의 모습

봄이 되자 지리산
크고 작은 산맥들이 겨울잠을 털고 일어나
어슬렁어슬렁 아래로 내려온다

한참을 내려오다
우뚝우뚝 걸음을 멈춘다

산맥들이 모두 멈춰 선 발 아래로
어린 병아리 떼처럼
섬진강이 느리게 지나간다

강이 다 지나갈 때까지
참, 오래도 견디며
산맥들 서 있다.

모항 일몰

바다 가까이 내려와
빗살무늬 옷을 벗는다
해의 알몸이 황홀하다 끌어안으면
길녀처럼 뜨거울까
서해 용궁 방 하나 얻어
몸을 섞으면
별 같은 아이들도 낳을까
타는 노을 속
둥근 알몸의 페로몬 향기에
내 밀림의 야수들이
우우우 꼬리를 세운다

포구의 붉은 입술이
나를 삼킨다.

원시인의 러브레터

비 오는 날은 우체국에 가고 싶어

비에 젖지 않을까 가슴에 품고 가는 러브레터는
따뜻한 나의 체온이 옮겨져
병아리처럼 부화될 거야
병아리처럼 그래 편지는 작은 심장을 콩당거리며
붉은 우체통 속 비밀 통로를 지나
사나흘쯤 달려가겠지
러브레터를 기다리는 동안
그리움의 끝에 서 있는 그녀의 가슴에서는
오크 통 속 포도주처럼 사랑이 익어 갈 거야
성냥불을 댕기면 확 타오를 순도 높은
포도주 빛 사랑이
그녀의 몸 속 가득 출렁이는 것을 상상해 봐
아, 그 향기가 코끝에 스치는 것 같애
핸드폰으로 이 메일로 즉석에서 구워 내는
정말이지 설익은 빵 같은 사랑은 싫어

핸드폰도 이메일도 없는
어느 원시의 별로 훌쩍 이민이나 가서
오크 통 속 포도주 같은 사랑을 하고 싶어.

섬 속의 길

그 섬에는 길이 하나 살고 있다

철선이 하루에 한 번씩 들어오는 포구에서
소주 됫병을 사발에 부어 마시고 길은
비틀비틀 고개를 넘는다
천수보살의 손처럼 여러 갈래로 뻗은
길의 손끝에는 작은 마을들이
열매처럼 늙어 가고 있다
마을에서는 밤마다 바다에서 올라온 사내들의
비린내나는 사랑들이 붉게 익었다
문득 뭍으로 떠난 사람이 그리워
통곡하고 싶도록 쓸쓸한 밤이면 길은
몰래 바다로 가 발목을 담궈 볼 뿐

길은 아직도 그 섬에 살고 있다.

자본주의 여자
 - 대형 광고판을 보며

자본주의보다 큰 여자의 얼굴이 웃고 있다
십 일 층 백화점 빌딩이 통째
여자의 웃음으로 덮여 있다
웃음 뒤에서 유리창들이
하늘과 별과 구름을 그리워하고 있다
여자는 손에 자본주의 제품을 들고 그걸 사면
오늘밤 침실에서 몸을 주겠다고 속삭인다
웃고 있는 여자의 입술 사이로
식인용 이빨들이 눈부시게 빛난다
백화점 사람들이 달콤한 여자의 입 속으로
구름처럼 빨려 들어간다
오, 저 거대한 블랙홀
바람에 펄럭이며
여전히 여자는 십 일 층
백화점 빌딩보다 큰
자본주의 웃음을 웃고 있다.

화포花浦

봄날 남해바다
화포라는 곳에 노 시인이 산다기에 찾아갔다
꽃의 포구라니, 얼마나 많은 꽃들
자지러지고 있을까 두리번거렸으나
바닷물마저 멀리 밀어내고
상처 난 알몸을 바람에 말리고 있는
쓸쓸한 포구엔 꽃이 없다
막막해 하는 나의 마음을 읽은 듯 노 시인은
손을 들어 앞 바다를 가리켰다
타는 서녘하늘을 배후로
바다에는 작은 섬들 많이도 떠 있다
그 섬들에 노 시인의 손끝 은유가 닿자
인당수 청이의 연꽃이 저랬을까 섬들 모두
꽃으로 피어 동두렷이 떠올랐다

화포 앞 바다
꽃들 참 많이도 피어 환하다.

벤치에 앉아 노을을 보다

서녘에 불꽃이 인다
하늘의 대장간에서 억센 팔뚝으로
풀무질하는 소리 들린다
누군가 불 속에 구름을 넣어
꽃잎을 만든다 서녘 가득
붉은 꽃들 피어나는 것을 보며
공원의 벤치에서 젊은이들은
서로의 체온으로 사랑을 굽는다 부풀어오른
사랑에서 잘 익은 빵 냄새가 난다
사랑의 냄새로 가득한 도시 하나가
호수 속으로 걸어간다
머리를 풀어헤치고 목욕하는 불빛들이
눈부시다

지상도 더러는 천국이다.

느티나무가 있는 풍경

입춘 무렵
남녘 끝 황톳길 아롱아롱 봄이 온다

동구 밖 느티나무 품 속에서
젖꼭지를 물고 잠들었던 어린잎들이 우우우
세상 밖으로 이마를 내민다

무어라 무어라 재재거리는
잎들의 연둣빛 언어가
동네를 가볍게 들어올린다

이런 날이면
연어 떼처럼 세월 거슬러 오르는
싱싱한 그리움에
느티나무 몸 속 가득
삼 백 개의 파문이 인다.

여름 창가에서

나의 사람은 여름 속에 있습니다

나의 사람은 할머니의 부채 뒤에 있고
원두막 그늘에 있고
모깃불 알싸한 연기 속에 있습니다
여름밤 미리내 개울가에서
이웃 마을 지붕 위로 별똥별을 던지기도 하고
나의 사람은 새벽이면 머루 빛 치마를 입고
은단풍 나무숲에
푸른 유리구슬을 뿌리기도 합니다
그러면 여름 숲이 환한 빛으로 들끓고
세상은 한결 착해집니다

나의 사람은 여름 속에서
포도알처럼 영글고
한 사발의 향기로운 추억도
아침 창가에 놓고 갑니다.

깨꽃을 보며

도시 변두리 척박한 땅에도
깨꽃은 흐드러지게 피어
오늘은 그 작은 초롱의 하얀 불빛들이
열 사흘쯤 되는 달 머리에 이고 있다
애야, 깨 쏟아질 날 있을 게다
가난한 집 시집온 아내의 등 다독이며 달래던
어머니의 도란거리는 소리 아득한데
저 불빛들 따라가면 눈물 없는 세상 있을런지
사는 게 다 그런 거라지만
아내의 가슴에도 깨 쏟아지는
오진 꼴 한 번 있었으면 좋겠다
달빛 타고 내려온 이슬들이
머루 알처럼 익어 가는 깨밭을 기웃거리며
나는 그저 대책 없이 저물어 가는데
따뜻한 손 하나 가까이 와
내 등을 다독인다.

동백꽃 지다

온 뜨락 불이라도 지를 양으로
그리도 맹렬히 동백꽃 피워내던 봄이
이제는 서둘러 동백꽃 모가지
툭 툭 함부로 잘라낸다

시간이 환멸을 개 떼처럼 끌고 와
시든 꽃잎 위에 풀어놓기 전에
어서 가자고
어서 가자고

붉은 입술 그대로
푸른 목숨 그대로
봄이 서둘러 뜨락에 내려놓은 저
요절한
통꽃들.

여승의 강

염불소리 강물로 흐르는
가을 산사山寺
부처의 발 아래
꽃처럼 앉아 독경하는 여승의
포름한 이마가 시리다

미니스커트에 단발머리 팔랑이며
들끓는 그리움으로
잠 못 이룰
나이
머리 길고는 풀 수 없는
무슨 번뇌 있어
여승은 홀로 강을 건너는가

천수경 깊은 물에
가을 산이 잠긴다.

은행나무 숲으로 사라지다

초여름 햇살 속으로 마악 발을 내딛다 문득 나비 한 마리
보았네 나비는 꿀과 향기가 흐르는 꽃들의 유혹에 눈길
한 번 주지 않고 알맞은 높이로 날아 저쪽 은행나무 숲으
로 초연히 사라지네 햇살을 잘게잘게 부수며 허공 속 허
무의 중심을 지나가는 저 현현한 존재는 색즉시공을 깨우
친 어느 고결한 선승의 영혼일까 나비의 무심함이 문득
내 욕망을 부끄럽게 하는 초여름 오후.

기억으로부터의 탈출

문을 열자 사각의 어둠이 덥석 나를 삼킨다

나는 어둠의 내장 속에 갇혔다 어둠의 내장은 아늑했다
죽음의 알 무덤 속이 이럴까
어둠은 내 몸을 애무하며 나의 견고한 가면을 벗긴다
어둠 속에서만이 나는 말랑말랑한 존재의 본질이 된다
그래, 존재의 본질 — 위선의 껍질 속에 숨어 있던 바로
그것
어둠 속에서 박쥐처럼 떠돌아다니던 무수한 기억의 입자
들이 말랑말랑해진 내 존재의 본질을 향해 달려들었다 나
는 결코 기억되어서는 안될 기억들의 공격을 피해 머리를
흔들었다 그러나 그들은 이미 뇌 속 깊이 파고들어 일시
에 그리움의 세균들을 퍼뜨리기 시작했다 오, 안돼! 나는
비명을 지르며 어둠의 내장을 휘저어 스위치를 눌렀다 전
구 속에 갇혀 있던 불빛이 튀어나와 어둠과 어둠 속을 떠
도는 기억의 입자들을 순식간에 삼켜버렸다 그들은 불빛
의 내장 속에 갇히고 나는 그들로부터 탈출했다
비로소 나는 넥타이 같은 긴 하루를 목에서 풀었다.

은종鍾

얼마나 가슴 메이는 슬픔이었던지 그 눈물 반짝 봄빛에 빛나는 것을 뜨락 마악 내려서다 보았습니다. 소리가 떠나버린 빈 가슴을 흙으로 가득 채우고 모로 누은 작은 은종이었습니다. 어느 창가에서 초롱꽃 향기로운 노래를 풀어내었음직한 그 은종이 무슨 연유로 내 뜨락의 흙에 묻혀있다 이 봄날 나에게로 왔을까요. 나는 은종을 맑은 물에 씻어 어린 딸의 창가에 달아주었습니다. 하지만 은종은 토라진 설움에 울음을 추스리느라 좀체 입을 열지 않았습니다.

그러던 어느 날은 기분 좋은 대숲 바람이 몰려오고 그 아련한 푸른 이파리들의 조잘대는 소리가 귓가에 간지럼을 먹이자 기어이 은종은 참았던 노래를 낭랑하게 풀어내기 시작했습니다. 바람 속에 스며 천 년을 떠도는 선덕여왕이나 황진이의 음성을 엿듣고는 그것을 흉내내는 재주가 은종에게는 있는 것일까요? 아니면 문설주에 기대어 나비잠을 자는 어린 딸의 봄꿈을 엿본 것일까요. 은종 속에는 세상의 아름다운 소리들이 모여 사는 평화로운 마을이 있나 봅니다.

염주꽃

이윽고 때 이르자 피 맑은 고승은 세상의 빛과 소리와 숨
결이 이르지 못하는 깊은 산 숲 속의 큰바위 위에 가부좌
를 틀었다 한 생애 동안 그의 영혼이 살며 먼 길 끌고 왔
던 낡은 집 한 채 이쯤에서 부릴 심사였다.

그 곳에 집을 비워두고 집을 나선 고승은 서릿발 치는 산
과 숲과 우주를 걸어 마침내 하늘의 문 앞에 이른다.

영혼이 하늘에 오른 후 어느 날은 큰 바람이 그 숲에 불어
오자 바위 위의 낡은 빈 집은 풀풀풀 한 줌 재로 날아 이
승에서 사라지고 빈 집에 걸려 있던 백팔 개의 염주알만
별이 흐르듯 주르르 바위 아래로 흩어졌다.

이듬해 봄
빈 집 없어진 빈 자리
염주꽃 피어 눈부시다.

하늘은 낮에도 가끔씩 귀를 열고
세상의 소리를 듣는다

하늘을 우러러 보는 사람만이
그 귀를 볼 수 있다.

2

살며 생각하며

어머니를 추억하며 그리워함

어머니의 한 생애를 토막쳐버린 것은 가난이었다
가난을 모르고 자란 천 석 꾼 부잣집 딸
호랑이가죽 꽃가마 위에 씌우고 당당히 시집왔지만
가세가 기우는 시가 집과
병마에 쓰러진 남편
가난은 어머니를 깊은 수렁에 빠뜨렸다
양식을 꿔다 끼니를 이으면서도
춤과 노래와 장구를 유난히 좋아했던 어머니
단 한 번 가슴 풀어헤치고
훨훨 날아보지 못했던 비련의 새
그래도 넉넉한 품으로 다섯 남매를 기르시고
강 건너 눈물이 없다는 저승으로 떠나셨다
시간과 싸워 슬프지 않는 것이 있을까
시간과 싸워 나 또한 슬픔에 맛이 든 나이
오늘은 무심히 거울 앞에 서니
그리운 어머니의 흰머리가
내 귀밑에서 눈부시구나
저 낡아 가는 것들 순하게 따라가면
호롱불 밝히고 나를 기다리는
어머니의 집에 이를 수 있으리니
시간이 주는 상처마저
나에게는 슬픔이 아니다.

늙는다는 것

늙는다는 것은 유쾌한 일이다
빙그레 웃을 일이
많아진다는 것이다

늙는다는 것은
겨울잠 자는 벌레들의 꿈꾸는 소리나
푸른 이파리들 줄기에 입술 대고 꿀꺽꿀꺽
생수 마시는 소리도 들을 수 있다는 것
그리고는 홀로 빙그레 웃는 것
가슴을 치는 절망의 소나기를 맞으면서도
이제 곧 무지개가 뜰 것을 예감하는 것
늙는다는 것은
창끝 같은 증오를 둥글게 구부려
사랑을 만드는 장인이 되어 가는 것
정욕으로 끓는 뜨거운 피를 식혀
아이스 커피를 만들어 마실 수 있다는 것
신과 마주 앉아 바둑을 두면서도
신의 속내를 알아채 버리고는
빙그레 웃을 수 있다는 것 그리고
입을 다물고 있어도
온몸에서 거문고 소리가 울린다는 것

빙그레 웃으면서 자꾸
쓸쓸한 신의 얼굴을 닮아 가는 것
늙는다는 것은.

고사목

나무에게도
무슨 반역의 역사가 있었던 것일까
그 해 유월의 병사들처럼
지리산 능선으로 끌려와
학살당한 고사목들
더러는 쓰러지고 더러는 서서
앙상한 촉루만 눈부시다
이리 떼처럼 비바람 달려들어
흰 뼈를 뜯는다
푸른 청년 시절
하늘에 수수만 개의 이파리를 쏘아 올리던
그 힘센 팔뚝이 뼈만 남아
구멍 숭숭 뚫려 있다
바람이 구멍 속을 들여다본다
우 - 웅 거문고 소리가 난다

계곡을 흔들며 우는
 저 귀신들.

개망초꽃

소금 한 소쿠리 뿌려 놓은 듯
구월의 강둑 개망초꽃 피어 환하다
무에 그리 즐거운 일 있는지
바람 끝만 스쳐도 자지러진다
쌍꼬리부전나비 입맞춤에
수줍어 웃음 터뜨리는 순진한 것들
저 작고 예쁜 꽃들을
망초꽃도 아니고 개망초꽃이라 부르다니
사람들은 무슨 억하 심정이 있었을까
개망초 개망초 천하디 천한 이름으로도
꽃들은 저리 환하게 웃는다
공명이야 사람들에게나 중요한 거 아니냐고
가을 강이 흐르는 구월의 강둑에 모여
자기 이름도 모르는 개망초꽃들
즐겁게 피었다
즐겁게 진다.

수족관을 보며

태어날 땐 왼쪽에 눈 하나 오른쪽에 눈 하나
여느 물고기와 다를 바 없던 것이
자라면서 두 눈이 왼쪽으로 돌아간 놈은
넙치가 되고 두 눈이 모두
오른쪽으로 돌아간 놈은 도다리가 된다니
모양새가 같고 오장 육보가 같아
누가 보아도 한 어족이 분명하거늘
한 쪽 보기를 스스로 포기해 버리고
좌우로 핏줄까지 갈라 버린
저 괴이한 어족의 아집이라니
세상 사람들이 수족관을 들여다보며
좌다 우다 다툼질하는 것을 보면
왜 나는 자꾸만 가슴이 저려오는지
수족관 유리에 얼비치는 내 얼굴에서
눈의 위치를 확인해 보는 내 눈빛이
자꾸 젖어오는 것은 또 무슨 이유인지

사상은 눈의 위치도 바꿀 수 있는 것인지.

서점을 나서며

덮어두고 싶은
생각할수록 초라한 과거가
그대에게도 있는지

서점에서 사고싶은 책을 만지고 또 만지다
주머니가 비어 돌아서던 시절이 있었는데
소설도 한 권 월간지도 한 권 전문서적도 한 권
보고싶은 책 넉넉히 사들고 서점을 나서는 오늘
분수처럼 가슴을 치고 올라오는 이 충만감
어금니 시리도록 슬픈 기억들이 복병처럼 나타나
가슴 가득 왜 이리 화사한 꽃밭을 만드는지
과거가 초라하면 할수록
평범한 오늘의 일상이 때로는
이리 눈부신 행복이 되는 것인지

아무도 몰래 손등으로 훔쳐낸 눈물이
망초꽃 지천으로 피어 흐르는 강물처럼
아름답게 보이는 이 작은 충만함을
그대는 아시는지.

낮달

하늘은 낮에도 가끔씩 귀를 열고
세상의 소리를 듣는다

하늘을 우러러 보는 사람만이
그 귀를 볼 수 있다.

참꽃

봄비 함초롬히 내리더니
어머니, 오늘 아침은
뜨락에 진달래꽃 피었습니다

보리죽 반 사발로 끼니를 때우고
노란 하늘가에 엎디어
가난을 견디어내던 시절
배고파 보채는 아이 젖 물려 재워 놓고
진달래 꺾어
진달래 꺾어
허기를 채우시던 어머니
두 손엔 붉은 꽃물 한으로 물들고
눈물 훔치던 무명치마
소금밭 되어 쓰리더니

어머니, 가난을 다스리던 손으로
하늘에선 진달래꽃 가꾸시나요
그 꽃 한아름 꺾어 들고
간밤엔 사분사분 이승으로 내려와
잠든 우리 곁을 다녀가셨나요

봄비 함초롬히 내린 뜨락에

어머니, 오늘 아침 당신의 눈물 빛 같은
진달래꽃 저리 피었습니다.

칼 솜씨

소림사의 검법이었을까
주방장의 칼 솜씨 얼마나 절묘하던지
생명은 한 치도 건드리지 않고
뼈와 살을 완벽하게 분리해 놓은
회 접시 속의 우럭
무사태평이다
뭘 봐? 끔벅 끔벅
되레 나를 보고 눈알을 부라린다
이미 죽어 놓고도 죽은 줄도 모르는
어쩜 우리 인간의 삶도 저런 것이 아닐까
주방장 정도의 칼 솜씨가 저러할진대
신묘한 염라대왕의 칼 솜씨로야
어느 순간 내 영혼과 육체를 분리해버릴지
아니 이미 분리해버린 것인지도 몰라
슬쩍 남몰래 모가지를 만져보는
이 소시민의 공포라니
그나저나

도대체 저 우럭은 언제쯤
기막힌 자신의 죽음을 깨닫는단 말인가.

어떤 축제

조부를 정점으로
민들레 꽃씨처럼 퍼져나간 사촌들 모여
가족 납골당을 만들었다
이제 우리 죽어서는
모두 한 아파트에 살게 되었다

오늘은 종 형수 장례 날
이승과 저승의 경계 납골당 문을 열자
오메 형수씨 오시요
일찍 요절한 성일이 형 목소리 들린다
칸칸이 막아 놓은 방마다 수런수런
잔기침 소리 들린다
한 생애 눈물 소금 밭 맨발로 걸어
한 줌 재로 돌아간 종 형수
아직 식지 않은 뼈의 온기 그대로
시조부모 시부모 시숙부 시아재
방마다 찾아다니며 인사 드린다
오냐 오냐 잘 왔다 진즉 오제 그랬냐
죽은 자들의 웃음 소리 왁자하다
삶의 무게가 한 줌 재보다 가볍다
이승의 풀꽃들 땅에 귀대고 엿듣고 있다

납골당 속 아파트로 집들이 하는
죽음은 축제다.

슬픈 유희

일요일 오후
빈 베란다에 겨울 햇살이 돋아난다
나는 햇살의 금빛 싹 위에 겨울 들녘 염소처럼 동그마니
쪼그리고 앉아 한 주일 동안 젖은 몸뚱이를 말렸다
봄날 잔디잔디 금잔디처럼 황홀하게 돋아나는 햇살을 혼
자 소유하고 있자니 너무 아깝다 살면서 젖어 있는 이웃
들에게도 한됫박씩 햇살을 퍼주고 싶다 그래 문득 생각나
는 사람, 한 생애를 온통 젖어 살다간 여자 ─ 어느 날은
저녁 끼니 때울 양식 없어 부잣집 늙은 과수댁 허드렛일
봐 주고 보리 두어 됫박 얻어 그 집 대문 나서다 눈물에
넘어진 여자, 그래도 돌아와선 다섯 남매 새끼들 휑한 눈
망울 앞에서 희희낙락 잘도 웃던 여자, 여린 손등으로 슬
픔을 눌러 죽인 여자 강한 여자 오늘 이렇게 무진장 돋아
나는 금빛 햇살 그 여자에게도 한 됫박 보내 젖은 몸뚱아
리 말려주고 싶다 햇살로 밥을 지어 고봉으로 드리고 싶
다
한 생애 어금니 악물고 춤추며 유희하듯 그렇게 살다간
여자 ─ 어머니.

검은 피부의 야수
- 비닐봉지

빌딩 숲 울창한 도시
길가에 검은 피부의 야수가 엎드려 있다
문명의 욕망을 먹고사는
몸 전체가 입뿐인 공포의 생물체
유전자를 조작해서 인간이 만든 것이다
백년이 되어도 뼈와 살은 썩지 않는다
신도 어쩌지 못하는
불멸의 존재다

아이 하나가 바람을 머리에 이고
불안하게 걸어온다
바람의 냄새를 맡은 검은 야수
몸을 날려 아이를 덮친다 악!
아이의 머리를 입에 물고
날쌔게 빌딩 숲 쪽으로 달아난다

마트 슈퍼 백화점 매장에서
탐욕스럽게 배를 채우고 쏟아져 나오는
저 공포의 야수들 언젠가
일제히 입을 벌려
지구를 먹어치울 게 분명하다.

금강역사

힘으로야 세상을 뒤엎을 수도 있는
저 무시무시한 금강역사를
산사山寺의 우리 속에 가둔 자는 누굴까

저들이 힘센 팔뚝으로 세상 휘젓고 다니며
죄진 자 무릎 꿇려 목을 비틀던 시절엔
중생들에게 부처님 말씀
참 잘도 먹혀들었는데
도대체 누굴까
저들을 우리 속에 가둬버린 자는

이제는 우리 속 원숭이만도 못한 신세
아무리 눈 부릅 떠봐야
죄진 자들 그 앞에서 되레 호통이다
야, 눈 깔어!

보온밥통

도리아식 돌기둥 장식은 없어도
그것은 차라리
오롯한 한 채의 신전이다

신전의 육중한 문을 열면
백의白衣의 숭고한 신이 거기 계신다
인간의 목숨을 다스리는 신
우리는 그 앞에 무릎 꿇고
어떠한 비굴한 미소로도
그의 노여움을 피해야 한다
홀연히 그가 떠나버리면
당해보지 않은 사람은 모르리라
텅 빈 신전의 재앙을
그 굶주림의 공포와
아궁이 불빛 속에 비치던
어머니의 눈물을
그 죽 한 사발의 간절함을

이제는 풍요로운 세상
신이 인간 위에 군림하던 시절은 갔다
그러나 나는 오늘도
신전 속의 충만한 신을 알현하고

감사의 눈물 한 송이
신 앞에 헌사한다.

두려운 시절

밥이 하느님인 시절이 와야 한다
죽 한 그릇의 간절함이 신앙인 시절이 와야 한다
이 땅 배부른 사람들의 진정한 행복을 위해
기필코 그 시절이 다시 와야 한다
빈 창자의 깜깜한 터널 속에서
천둥 소리 울려오고
쓰레기통 쉰 감자 한 알이
진주보다 눈부시게 보여야 한다
사람들이 굶주린 개처럼 땅에 코를 박고
킁킁킁킁 쓰레기를 뒤지는
그런 시절이 와야 한다
먹다 버린 뼈다귀 하나로 온 동네가 패싸움을 벌리고
피가 터지고 죽어 넘어지고
그제야 이 땅의 사람들은
밥이 하느님임을 알리라

기름진 음식물로
공룡처럼 비대해진 쓰레기장을 보며
하느님의 노여움이 언제 터질 지
지금 이 시절이 나는 두렵다.

인간의 문명

K씨는 문명의 도시에서 살고 있다
비가 쏟아져도 끄덕 없다
은행 입출금은 폰뱅킹으로 처리하고
생활용품은 인터넷으로 주문했다
K씨의 쾌락과 안락을 위해
냉장고 엘리베이터 TV 에어컨 컴퓨터 등
문명의 비서들이 황제처럼 그를 모셨다
신은 필요 없다 지상이 곧 낙원이다

소낙비 오는 여름날
하늘에서 작은 불칼 하나 날아와
송전탑을 쳤다
아주 단순한 낙뢰사고였다 순간
보석처럼 황홀하던 문명의 도시가
일순간에 원시의 공간으로 변해버렸다
모든 문명이 올 스톱이었다
어둠 속에 갇혀 K씨는 놀랐다 인간이 쌓아올린
거대한 문명의 바벨탑이
이렇게 한 순간에
이렇게 간단히
무너지다니

하늘에서 내려다보고 계시던 분이
빙그레 웃는다.

육신

흙으로 빚어 만든 아름다운 그릇
욕망의 구렁이와 옥빛 구슬이 가득하다.

길

길이 숲 속으로 걸어 들어 간다
잔디를 밟지 않으려고 조심조심 간다
숲 속에 빽빽이 서 있는 나무 부딪히지 않으려고
구불구불 피해 간다
나무들이 길가로 몰려와
고맙다 인사한다
손사래 치며 길이 유쾌하게
숲 뒤쪽으로 사라진다
터벅터벅 하늘을 찾아 가는
나의 길도
저랬으면 좋겠다.

우연과 필연 사이

어스름한 새벽
화장실 문을 열고
슬리퍼에 발을 디미는 순간
물컹한 소름끼치는 감촉을 느꼈다
깜짝 놀라 발을 빼어보니
민달팽이 하나 슬리퍼 속에 짓이겨져 있다

선도 악도 아닌 일상의 행위로
아무런 까닭도 없이
민달팽이는 죽었다

그것은 필연일까
우연일까

우리의 삶은
그리고 죽음은.

순교자의 피

푸른 땅에
개발지역 붉은 팻말이 꽂혔다

몇 뭉치의 지폐를 쥐고 사람들은 떠나고 그 길을 따라 중
장비의 번쩍이는 쇠 이빨과 전기톱 소리가 몰려왔다 지상
의 모든 것들이 놀라 달아났다 떠날 것 다 떠나버린 빈터
에 나무들만 우뚝우뚝 서 있다

톱날의 폭력 앞에서
결사항쟁의 자세로 나무들이 쓰러져 나갔다
나무의 비명 소리가 숲을 흔들었다
그러나 나무들은 아무도 달아나지 않았다
우뚝우뚝 서서

목이 잘렸다
순교자의 피 냄새가
꽃보다 향기로웠다.

산철쭉

산모롱이 바위 그늘로 끌려온
산철쭉 통꽃들
툭 툭 목이 잘린다
늙어 시들 겨를도 없이
꽃의 싱싱한 머리통들
땅에 뒹군다
수북히 쌓이는 요절한 넋들
피의 향기가 낭자하다
계곡에는 아득히
핏물 흐르는 소리
나무 뒤에서
산새들 운다

바람 같은 역사가 칼을 들고
저쪽 숲으로 사라진다

오월
그 무덥던 날.

흉내

봄은 가난한 골목 안 튀밥장수 있어 즐겁다
겨우내 숨겨 두었던 불 지피고 단단한 옥수수 알 팽팽하
게 달구어 펑펑 목화송이 피워 올린다 그것 참 신기하고
즐겁다 코흘리개 조무래기 사이에 끼어 구경하던 하느님
빙그레 웃으신다 그리고는 알았다는 듯 해의 불꽃 위에
지구를 올려놓고 빙글빙글 돌린다 지구가 푸르게 부풀어
오른다 이윽고 지구가 팽팽하게 달구어지고 저것 봐 사랑
에 어질머리 도진 사람들 귀 막을 겨를도 없이 춘삼월 하
늘가 펑펑펑 벚꽃 송이 터진다.

그 아침 폭설에 대한 증언

밤사이
한 방의 총성도 없이 하얀 점령군들은 도시를 장악했다
아침에서야 시민들은 그 사실을 알고 경악했다 일시에 도
시가 꽁꽁 얼어붙었다 서슬 퍼런 점령군들이 제일 먼저
체포해버린 것은 속도였다 시민들의 공포를 위스키처럼
즐기며 건방지게 쌩쌩 거리던 속도들은 모두 기가 꺾여
하루아침에 겸손한 거북이가 되었고 황야의 무법자 폭주
족들의 오토바이는 모두 집안 깊숙이 연금 당했다 아침
일찍 어깨를 웅크리고 끌려가던 사람들 중에는 점령군의
즉결처분으로 길거리에 나뒹구는 사람도 있었다 공포에
질린 시민들은 그저 벌벌 떨 뿐 아무도 불복종 운동을 선
동하는 사람은 없었다 참으로 세상이 하얀 공포로 변해버
린 아침이었다 후일 점령군에 대한 역사가들의 평가는 엇
갈렸으나 공공의 적 속도 하나만큼은 확실하게 잡았다고
입을 모아 칭송했다.

꽁지 붉은 새
   - 낙엽

한 평생 날아보지 못한 잎들은
새를 꿈꾸며 산다

해와 달과 별이 있는 곳으로
화살처럼 꽂히는 새들의 자유

잎들은 스스로 피를 말려
꽁지 붉은 새가 된다
그리고 가을 어느 날
저 아득한 지상을 향해 몸을 날린다

아, 한 생애 단 한 번의
황홀한 비상

꿈을 이룬 자는
뒷모습도 눈부시다.

와불 설화
- 운주사에서

서툴지만 정성스런 석공 몇이 망치와 정을 들고
돌 속으로 숨어버린 부처를 찾아 나섰다
석공들은 정 끝으로 돌 속에 묻혀 있는 길을 찾아 조심스
럽게 파 들어갔다 망치로 내려치는 정 끝에서는 별들이
간헐적으로 튀어나와 길을 밝혀 주었고 석공들의 땀방울
은 돌 위에 물길을 내어 푸른 강을 이루었다 한밤 내내 하
늘에서는 누군가 북두칠성 국자로 달빛을 떠 지상의 숲에
뿌려주고 있었다 아랫마을 대숲 근처에서 첫닭이 울즈음
드디어 석공들은 돌 속에 누워있는 부처를 찾아내었다
오, 부처님 어서 일어나 용화 세상을 이루소서
석공들은 땀에 젖은 이마를 조아리며 간청했다 그러나 부
처는 따뜻한 손으로 옆에 누워있는 보살을 꼬옥 안을 뿐
오랫동안 말이 없다

어디선가
연꽃 향기가 밀려왔다.

사르비아

늦가을
립스틱 짙게 바르고 바람 앞에 서 있는
사르비아
굶주린 사내처럼
벌들이 몰려와 붉은 입술을 더듬는다
먼 이국 땅에 와
그리움도 없이 몸을 여는
슬픈 윤간

남양군도 사이판
정신대의 꽃이 된
조선의 누이들도 저랬을까

종種의 생존을 위한
벌들의 슬픈 윤간이 끝나면
립스틱 지우고
쓸쓸히 돌아 눕는

꽃.

* 사르비아 : 샐비어의 속어

봄비

은빛 투구를 쓰고
하늘에서 지상으로 꼬마병정들
퍼레이드를 한다

바람이 호루라기를 분다
우향 앞으로 갓!
좌향 앞으로 갓!
호루라기 소리에 맞춰 꼬마병정들
신나게 척척 방향을 바꾼다

창가에 아가씨 황홀하게 서 있다
꼬마병정 하나 달려가
입술에 톡 톡 뽀뽀를 한다
우우우 아가씨 입술에서
봄꽃이 핀다.

지하도 예수
－ 거지

그는 언제부터인가 거기에 있었다
도시의 가장 낮은 곳 지하도 계단에 앉아
누추한 몸뚱이로 웃고 있었다
도시인들의 사막 같은 무관심에 대하여
그들만의 풍요로운 쇼핑백에 대하여
늘 조용히 용서하고 있었다
그는 욕심 없이 하루 분의 양식을 얻어먹고
어둔 하늘을 덮고 자면서도
굶주린 모기들에게는
따뜻한 피를 나누어 주었다

둥글고 은은한 후광이나
우리들이 눈치 챌 어떤 징표도 없이.

나무의 알

히말라야시더*
가지마다 출렁이는 큰 파도 위에
나무의 알들이 둥둥 떠 있다
파도에 밀리며 알들은
먼 히말라야 산맥을 꿈꾼다
어쩌다 은빛 눈부신 고향을 등지고
그들은 유랑의 길을 떴을까
슬픈 역사의 상처를 침묵하며
아시아의 동쪽 코리아에까지 밀려와
뿌리를 내린 유랑의 후예들
오늘은 우리의 교정에 서서 저리 푸르구나
언젠가는 돌아가야 할 설원雪原을 꿈꾸며
그 순간까지 핏줄을 이어가기 위해
히말라야시더
가지마다 출렁이는 파도의 푸른 살 속에
이 악물고 알들을 쏟아 놓는다

대륙을 떠도는 조선족
여자처럼.

* 히말라야 시더 : 히말라야 삼나무. 소나뭇과의 상록 침엽 교목.

경칩 무렵

봄이 가만히 와
길고 예리한 햇살을 개구리 등에 꽂는다
개구리가 놀라 펄쩍 뛰어 오른다
놀란 개구리 이마에서 아롱아롱
아지랑이 솟는다

우리네 온 들녘이 곡선으로 흔들린다

개구리 발톱보다 짧은
꽃들의 한 생애가
붉은 소리로 웃음을 터뜨린다.

눈물

아침 풀밭 이슬이 눈부십니다

나는 그 풀밭을 걸으며 걸으며
발목까지 흠뻑 젖어 본 뒤에야 알았습니다
풀들에게도 슬픔이 있다는 것을
온밤 지새우며 흘린 눈물
아침이면 저리 영롱하다는 것을

풀잎처럼 등 구부리고
목 울음 우시던 어머니
언제나 가난한 웃음 뒤에
그 눈물 숨기시더니

해 뜨자 서둘러 눈물 훔치고
아, 풀잎들 푸른 빛으로
나를 보고 웃습니다

어머니의 얼굴입니다.

흰 해안선에서

배들이 억센
서태평양 바다를 실어와
해안선에 붓는다

해안선이 부풀어오르자
햇볕에 몸을 말리던 조약돌들이
바다 속으로 헤엄쳐 달아난다

바다가 육지 위로 올라와
허리를 활처럼 구부리고 모래밭을 걷는다
뒷모습이 쓸쓸하다

혼자인 여자가
바다의 하얀 이빨 사이에서
깊은 슬픔 하나를 꺼내 든다.

무등에게

우리 고향 어디서건 눈길 한 번 흘깃 주면
갈매빛 어깨로 달려오는
애인아

우리들 핏줄 속에 언제나 그대는 있고
들풀처럼 돋는 서러움 속에도 그대는 있다
살아온 세월 곤곤하여
더러는 그대 품에
역사의 부러진 칼을 숨기기도 했으나
이제는 그대의 어깨 위에
애인아 천 년의 학이 나르게 하마

산은 산일 뿐으로 그대는 아름답고
우리는 다만 눈빛 선한 짐승으로
그대 품에 안기려니
지란의 향기에 발목을 적시며 적시며
좋은 태몽이라도 꾸어 보자

아, 정말 이제는 피 냄새 나는
역사의 누더기는 벗어 던져버리고
성성한 맨몸으로 우리 서로 부둥켜 안고
힘 있는 아이라도 하나 낳아 보자

그대 무등산
내 사랑아.

세상 사람들에게는
들꽃처럼 평범한 그대

그러나 그대의 빛과 향기에
내 영혼은 들끓나니

그리움으로
그대 모습 눈부시어라.

사랑을 위하여

눈 오는 창가에서

우주의 어느 숲
싸리나무 싸리꽃은 져
저리도 처연하게 나리는 것일까요
무한천공이 향기로 가득합니다
산도 강도 이미 사라져 버리고
순결한 그리움 하나로 빛나는 지상
잊혀진 먼 곳으로부터
하얀 꽃잎 위에 발자국 찍으며
내게로 오는
아름다운 사람이 있습니다.

핸드폰 속의 새

핸드폰 속에 작고 날렵한 새가 있다
나는 사랑의 음성을 새에 물려 공중에 날린다
별똥별처럼 밤하늘을 날아가는 새, 새는
내 그리움의 숲 속 그녀의 집을 정확하게 찾아 간다
침실에 누워 있는 그녀의 작고 둥근 귀를 지나 새는
사랑하므로 우울한 영혼에게 음성을 전한다
순간 그녀의 몸은 황홀한 꽃이 된다
이제 곧 립스틱 향기 묻은 그녀의 음성을 입에 물고
새는 나에게 다시 날아 올 것이다
핸드폰 속의 작고 날렵한 새
별똥별처럼 밤하늘을 날아다니는 그들로
잠 못 이루는 지구의 한 쪽은
언제나 오렌지빛이다.

섬진강을 따라가며

섬진강은 느림의 미학이다
지리산 기슭을 돌아 하동 포구에 이르기까지
강은 서두르지 않는다

느림은 곡선을 만들고 곡선은 그리움을 만든다
모래 위에 섬진강이 그어 놓은 곡선을
먼발치에서 보기만 하여도
간신히 잊었던 그리움에 피가 돌고
명치끝이 아려온다
그대에게 가는 길을 다시 찾는다 해도
이제 나는 돌아서 갈 것이다
물 속 깊이 반짝여오는 연어를 기다리듯
우리들의 온몸이 열병으로 들끓을 때까지
혹은 그 열병이 봄날 청매실 마을에
매화꽃으로 창궐할 때까지

섬진강 그 느려서 아름다운
나는 강이 될 것이다.

수제비꽃

인연 하나 부리듯
강가에 와 돌을 던지네

수면 위를 팽팽하게 날아가던 돌은
은어를 후리는 물총새처럼
물 위에 앉았다 튀어 오르고
앉았다 튀어 오르네
돌이 물에 닿는 순간마다 총총총
물위에 수제비꽃 피었다 지네

찰나에 피었다 슬픔도 없이
사라지는 꽃, 그래
지상에 찰나가 아닌 것이 무엇이랴
우리는 다만 인연이 머무는 동안 피었다
강물처럼 스스럼없이 흘러야 하리

그리움 하나 지우듯
강가에서 돌을 던지네
인연이 닿는 곳마다 꽃을 피우며
강 건너 풍경으로 사라진 돌은
오래 돌아오지 않네.

바람의 여자

바람이 불면 바람이 되는 여자
바람 속에 들불로 번지는 여자
나는 사랑했네 바람이 불면
이브의 스카프를 목에 두르고
아름다운 죄를 꿈꾸는 여자
아카시아 향기처럼 슬픈 여자
작은 불빛으로
언제나 그리움의 강 끝에 서 있는 여자
사랑했네 바람이 불면
그녀의 깊고 푸른
우수의 사막을 향하여
나는 아라비아 사내처럼 말을 몰아 달리네

아, 사막 끝 성문을 여는
바람 속의 여자.

폭설, 또는 황진이의 밤

그리 기다리던 진이의 님이 왔습니다
진이는 이불 아래 숨겨 놓은 동지섣달 기나긴 밤을 굽이
굽이 펴 님과 함께 사랑을 했습니다 그러나 날이 밝으면
떠나야할 님 진이의 애간장은 녹아 선지피 강을 이루고
그 강 흘러서 하늘에 닿았습니다 그러자 누군가 하늘에서
내려와 한밤 내내 지상의 길들을 박 넝쿨처럼 걷어내어
모두 숨겨버렸습니다 다음날 아침 날이 밝았으나 님은 길
을 뜨지 못 한 채 몇 날 밤을 더 진이의 치마폭에 군자란
을 쳤습니다 진이의 몸 속 깊은 곳까지 꽃들이 자지러지
게 피었습니다.

곰소항에서

사막 같은 오후의 바다 끝에
한 생애를 걸어오다 지친 늙은 낙타처럼
곰소항이 누워 있었다
진저리치는 비린내와
세상을 눈부시게 했던 비늘을 털어내며 곰소항은
골목마다 낮은 지붕으로 그늘을 치고
옹기 속 젓갈들을 삭히고 있었다
삭고 삭아서 뼈까지 향기가 나는
이 나라 제일의 저 젓갈들
우리들의 이 견딜 수 없는
지독한 피의 뒤척임도 곱게 삭으면
훗날 어느 눈 오는 저녁에 문득 찾아오는
향기로운 그리움이 될까
아, 사라져 가는 것들의 슬픔 같은 곰소항
은빛 광휘로 빛나는 저 오후의 바다 하나를
가슴 가득 출렁이게 퍼 담으며
이제 다시 캄캄하게 저물어야 할
빈 배의 마스트를 향하여
우리는 끝없이 갈매기를 날렸다.

그대의 모습

세상 사람들에게는
들꽃처럼 평범한 그대

그러나 그대의 빛과 향기에
내 영혼은 들끓나니

그리움으로
그대 모습 눈부시어라.

단풍나무가 서 있는 풍경

그것은 차라리 온몸 불사르는
처연한 종교다
백양사 가는 길 단풍나무

천 년 기다려도 오지 않는 이를
다시 천 년 기다리려함인지
온몸에 창궐하는 그리움
반쯤은 들고
반쯤은 내려 놓고
먼 산 바래기로 서 있다
오래오래 서 있다

바람이 자분자분 걸어와
단풍잎 따서 책갈피에 꽂는다
바람의 손이 붉게 물든다

길 끝에서 부처가
촛불을 켠다.

풋감

여름 아침 감나무 아래 후둑후둑
풋감들 떨어져 있네

간밤 그들이 바삐 떠나온 나무 가지엔
이파리 사이사이에 머리 맞대고
어린 형제들 누워 있네

나누어 먹을 식량이 부족하여
누군가가 떠나야 할 형편에서
형제들 부둥켜 안고 울다 배고파 잠든 사이
몰래 집을 나와
꽃잎처럼 지상으로 몸을 던진
저 풋감들

잘 자라렴
너희들의 밥이 되어 주마
떨어진 풋감들 땅에 묻히네

뿌리가 조용히 다가오네.

심 목수

토박이 강원도산 원목을 작업대에 고정시키고
대패를 들면
한 생애를 목수로 살아온
심 노인이라도 가슴 설렌다

조심스레
낡고 오래된 원목의 외투를 벗기면
갈기를 세우고 산맥을 달리는 바람 소리
계곡을 치고 내려오는 물소리
마지막 속옷을 벗기면
오, 나무의 살 냄새!
그리움 살 속까지 스며 얼비쳐오는 무늬들
수수 십 년 처녀림 속에서 순결을 지켜온
속살을 만지는 심 노인의 손 떨린다

잊혀지지 않는 첫 밤의 기억
순례의 순결한 피

나목을 다듬는
심 노인의 옹이진 한 생애가
붉은 울음소리를 낸다.

그리운 눈물

왼쪽 눈이 충혈되어 안과에 갔더니
안구 건조증으로 실핏줄이 터졌단다
기막힐 일이다 사랑 떠나 보낸 후
베갯머리 소금밭 되도록 흐르던 눈물
창호문발 후둑이던 여름 소나기처럼 더러는
누이가 길어온 샘물처럼
꿈 속까지 흥건히 젖어들던 눈물
주억주억 철없이 다 흘리고 말아
이제는 안구 건조증이라니
인간사 슬픔도 기쁨도 눈물 없이 담담할 수 있는
오오 그런 나이가 되었다는 것인지
충혈된 눈 지그시 감고 돌아보니
눈물의 세월 아득하구나
시원한 냉수 사발로
눈물샘 다시 채울 수는 없을까
창밖엔 이미 노을 저리 붉어도
남은 길 아직은 몇 번쯤
눈물 젖은 두만강을 건너야 할 텐데.

달

밤을 틈타
지상의 情人을 만나고 가는 달이
슬슬 산을 빠져나온다
탐스러운 우유 빛 맨 몸뚱아리다
몰래 집으로 가는 길 자분자분 은하를 건넌다

산 팔 부 능선 갈참나무 숲
낙엽 위에 풍만한 곡선이 찍혀 있다
달의 따뜻한 체온이 아직 남아 있는
저 밀회의 흔적

길녜가 보고 싶다.

내소사 우화

내소사 앞뜰, 어림으로 천 년을 살았다는 고목을 그대도
보았겠지요 우듬지는 이미 잎도 나지 않고 신의 지팡이가
되어 하늘을 받치고 있더군요

대웅전 깊고 서늘한 그늘에서 여름을 지내시던 부처님이
앉아 계시기 심심하셨던지 연화문 창 밖으로 그 나무를
내다보시며 그렇더군요 잠시 졸고 있는 사이 저 나무도
꽤 자랐군 그래요 부처님의 시간으로야 천 년도 찰나겠지
요

돌아가거든
그대를 용서하겠어요.

녹색 풀잎 아래서 사랑 만들기

머루향 이슬이 익어 가는 여름밤
녹색 풀잎 사이로 촉수 안테나를 길게 세우고
풀벌레가 비밀 부호를 타전한다
섹 세액 — 스 세액 — 스
섹스? 섹스? 섹스?
풀숲 어디에선가 귀를 세우고 있을
순결한 암컷에게 보내는
프로포즈의 신호음 — 이윽고
타는 눈빛으로 찾아온 암컷을 맞아
풀벌레는 은밀하게 창문을 내린다
우주의 운행처럼
고요한 질서가 이루어 내는
오, 녹색풀잎 아래서의
아름다운 사랑
나는 오늘밤 푸른 감성의 벌레가 되어
한 그리움을 향해 안테나를 세운다
섹 세액 — 스 섹스?
감 잡아라 오버.

푸른 대장간

내 뜨락의 감나무는
푸른 대장간이다 비 오는 날
감나무 아래서 가만히 귀 기우려보면
모루에 망치 치는 소리 즐겁다

우듬지의 잎새들이
창살처럼 꽂히는 빗줄기를 구부려 두드리면
다음 잎새들이 받아 둥글게 치고
또 다음 잎새들이 받아 둥글게 치고
또드랑 또드랑 신나는 망치 소리
대장간 화덕에선 녹색 불꽃이 일렁이고
첫입맞춤의 감꽃 같은 그리움들이 후둑후둑 진다
이윽고 둥글게 된 빗방울을
맨 마지막 잎새가 발 아래 쏟아 부으면
뜨락 가득 청량하게 부서지는
유리구슬 소리

빗물을 구부려 추억을 만드는
빗속의 푸른 대장간
모루에 망치 치는 소리
종일 즐겁다.

연분 고르기

동네 신발 가게
참, 종류도 많고 모양도 가지가지다
무엇을 고른다는 게 이렇게도 어려울까
모양이 맘에 들면 색깔이 안 맞고
디자인이 좋으면 크기가 안 맞는다
이리 맞추고 저리 맞추다
결국은 빈 손으로 가게를 나왔다
하찮은 신발 하나 고르기도 이러하거늘
세상천지 맘에 딱 맞는 것이 있기는 있는 것일까
멋모르고 엉겁결에 골라서
근 한 평생을 짝 맞추어 살아온
문득 마누라가 생각나고
세상천지 맘에 딱 맞는 것이 없을 바엔
그래도 고르긴 무던히 골랐단 생각도 들고
이래저래 신발 대신 마누라 좋아하는
귤 한 봉지 사들고 돌아가는
황혼의 귀가 길.

통영에서 하룻밤

이월의 통영은
청람 빛 강철바다 위로
봄이 걸어오고 있었다

바다에 찍힌
봄의 발자국에선 매화 냄새가 났고
냄새에 잠이 깬 섬들은
빵처럼 따뜻하게 부풀어 올랐다
체리 열매 같은 포구를 내려다보며
일상을 탈출한 위험한 시간들이
십 삼 층 베란다에서 위스키에 젖던
통영에서의 하룻밤
어둠을 타고 해안선으로 쳐들어오는
해적들의 뜨거운 피를 그리워하며
바다를 덮고 잠든
우리들의 침실은 그러나 평온했고

꿈속에서도 봄은
청람 빛 강철바다 위를 걸어오고 있었다.

유쾌한 동행

나는 강이 되어 흐를 테니
그대는 길이 되어 오오

큰산 기슭 굽이돌면
그대도 따라 돌고
내가 구름을 만나거든
그대는 바람을 만나오

가다가다 풀숲에 숨어
발정난 화사처럼 오래 포옹도 하고
풀꽃 같은 아이도 낳세

나는 강이 되어 흐를 테니
그대여 길이 되어 오오.

반달

먼 북쪽
백두산 천지 물 속에 구름 떠 있다
그 구름 밟고 허리 굽은 달이 걸어간다
천지 물 깊고 찬데
시린 발목 적시며 서녘으로 서녘으로
달이 간다 같은 밤 같은 시각
먼 남쪽
한라산 백록담 물 속에 구름 떠 있다
그 구름 밟고 허리 굽은 달이 걸어간다
백록담 물 깊고 찬데
시린 발목 적시며 서녘으로 서녘으로
달이 간다

서녘 그 어디쯤에서 기어이 만나야 할
반쪽을 찾아.

바람에게

나의 사람은 적소에 가 있습니다
어쩌다 물안개 자욱한 밤엔
은 단풍 숲을 산책하지요
발자국마다 아련한 그리움이 이슬로 맺히고
숲은 푸른 유리구슬 소리를 냅니다
아침이면 햇살 닿아 반짝이는 숲을 보고
사람들은 눈부시다 눈부시다 하지만
적소의 나의 사람에게는 그것이
어찌 아름다움뿐일까요
침묵은 정정한 내면에서 여물어
이제 언젠가 불빛 따스한 우리들의 식탁에
향기 고운 언어의 꽃으로 피어나겠지요
커튼을 내리고 마음을 가둔다 해도
세상의 일은 다 끝이 있으므로
적소에서 돌아올
나는 그날을 빕니다.

첼로, 그리고 그대

창밖에 눈이 오는 날이면
나는 첼로를 켜고 싶습니다

독한 추억을 파이프에 담아 피우며
파블로 카잘스가 그러했듯
창가에 놓인 찻잔에서 피어오르는
커피향 같은 그리움을 현 위에 얹어
바흐의 무반주곡을 연주하고 싶습니다

첼로는 내 여윈 어깨에 머리를 기대고
슬픔을 오래 삼켜 깊어진 목소리로
내 들끓는 영혼을 다독여 줄 것입니다
그러면 나는 출렁이는 저음의 바다에
조금씩 침잠하며 기도하겠습니다 우리 사랑은
광란의 폭풍 후에 비로소 피어나는
고요한 꽃이게 하소서
깊은 울음을 끝낸 맑은 영혼으로
우리를 꿈꾸게 하소서

창밖에 눈이 나리고
그리움이 눈부신 광휘로 쌓이는 날이면
내 영혼 속으로 낮게 낮게 걸어서 오는
첼로 같은 그대를 연주하고 싶습니다.

황진이 생각

그리움의 등불 하나 들고 백 년을 거슬러
그대에게 가는 길
세월 깊이 묻힌 길은 물안개 피어 자욱하고
키를 넘는 잡초들 귀신의 소리로 우네
이승의 끝을 흐르는 강가에 이르니
나의 말은 갈기 세워 말굽을 치고
아, 강 건너 그대 마을 아득하여라

정념의 질화로는 삭아 한 줌 흙이 되고
시의 혼백만 푸르게 살아서 오는 나의 황진이
달빛 같은 그대 사랑을 품어본 사내는 황홀하리
그대의 치마폭에 군자란을 쳐본 사내는 행복하리

내 오늘 이 강가에 모닥불을 피워 놓고
들끓는 그리움을 손끝에 모아
홀로 거문고 줄을 고르나니
진이여 달빛 밟고 저승길 건너서 오라
내 그대의 옷고름 풀어헤쳐
깊고 푸른 시혼에 내 영혼을 묻으리

아 아 그러나 천 년을 다시 기다리라 함인가
강 건너 그대 마을 아득할 뿐

저승 문 닫히는 새벽 닭 울음소리
사무치는 나의 넋은 호올로
하늘 끝을 떠도네.

겨울 연가

사랑이여 눈이 온다

눈이 내려 먼 산 비자나무 숲 무너지면
그 위에 길이 열린다
내 그 길 따라 오늘은 옷깃 세우고
그대에게 가노니
깊이 묻어둔 그리움은 싹이 돋아
마음 하나를 깜깜하게 덮는구나
흔들리는 걸음 발자국마다 찍히는 의문부호들
그처럼 순결한 우리들 사랑의 종말도
예견하지 못한 필연이었을까
먼 산 비자나무 숲 온전히 흔들며
눈 위에 길이 열리고 또 길이 열려도
결국은 맑게 흐르는 눈물 소리 듣는다
이 눈물 어디에쯤 그날 같은 노을이 지고
어둠에 묻히는 풀잎처럼 그대 아득하여도
아, 눈 내리는 어느 마을에 그대 있다는 것만으로
나의 겨울은 이렇게 눈부신 것을

먼 산 비자나무 숲 낮게 뜨는 등불 지우며
내 가슴 불꽃처럼 찍힌 그대의 문신 위에
사랑이여
오늘은 눈이 온다.

유수의 꿈

불타는
야망의 산맥을 휘돌아
노을지는 강가에 이르러서야
조용히 흐르는 물을 보네

도란도란 반짝이며 흐르는
무욕의 무심함이 눈부시네

내 호와 이름이
유수 강만流水 姜滿이니
姜자 하나 슬쩍 江으로 바꿔 넣고
흐르는 물 가득한
이제 나는 강이 되려네
잘 익은 침묵으로 노래하며
흐르고 흘러

하늘에 이르면
지상의 슬픔이야 추억이리니.

후기

세상에 슬픔이 없는 사람도 있을까요?
그러고 보면 슬픔은 우리 인류의 가장 보편적인 소유물인
것 같습니다. 아무리 행복하고 유쾌하게 보이는 사람이라
도 가슴 한 겹만 들춰보면 숨겨놓은 슬픔들이 출렁이고
있음을 우리는 압니다.

거부할 수 없이 운명적으로 슬픔을 소유해야 한다면, 슬
픔에서 눈물 같이 질척이는 것들을 쏘옥 빼내어 버리고
향기가 나도록 잘 발효시켜 시를 만들어보고 싶은 것이
저의 소망입니다.
이제는 진정으로 슬픔과 화해하고 싶습니다.

저의 시가 슬픔을 견디며 살아가는 이웃들에게 따뜻한 위
안이 되었으면 참 좋겠습니다.

유수강만流水江滿의 시세계

송수권

유수강만流水江滿의 시세계

송수권 | 시인 · 순천대학교 교수

시인 강만과의 깊고 오랜 인연으로 그의 제3시집《유수의 꿈》해설을 쓰게 되었다. 여차여차한 뒷얘기는 그만두고라도 그의 첫시집인《따뜻한 눈빛》에 이어 두 번째 쓰는 해설인 셈이다.

두 번째 시집《눈부신 예감》에는 발문을 붙이지 않았는데 그의 지론에 따르면 '발문' 같은 것은 시집의 구색을 갖추는 일종의 형식인데 굳이 꼭 그런 형식의 틀을 추종할 까닭이 없다는 이유에서였다. 그는 그만큼 어떤 형식이나 격식을 이미 초월한 자유롭고 여여한 시쓰기의 태도를 견지하고 있는 파격의 멋을 아는 시인이다.

그는 각박한 현실 속에서도 여여한 삶의 공간과 시간 속에 처하기를 바라며 시 또한 순리적이고 순차적인 궤적을 일관되게 밟고 있는 듯 하다. 그는 늦게 시에 입문하여 지천명이 되어서야 등단하였고, 이제는 이순에 접어든 시인이기에 삶과 시를 해석하는 눈이 그만큼 깊고 겸허하다.

나는 강이 되어 흐를 테니

그대는 길이 되어 오오

큰산 기슭 굽이돌면
그대도 따라 돌고
내가 구름을 만나 거든
그대는 바람을 만나오

가다가다 풀숲에 숨어
발정난 화사처럼 오래 포옹도 하고
풀꽃 같은 아이도 낳세

나는 강이 되어 흐를 테니
그대여 길이 되어 오오.

- 〈유쾌한 동행〉 전문

　시 〈유쾌한 동행〉은 이번 시집의 표제인 《유수의 꿈》의 단초가 되는 시라 할 수 있다. 삶과 죽음, 그 사이에 펼쳐지는 것은 자연과 인사人事이지만 그는 이것을 거역하거나 소멸의 절망으로 보지 않고 무심히 흐르는 강처럼 '낙관주의적 슬픔'으로 담담히 받아들이고 있다. 이러한 그의 삶의 방식은 이번 시집 곳곳에서 구체적인 시적 형상으로 절묘하게 나타나고 있어 우리의 주목을 요한다.

불타는
야망의 산맥을 휘돌아
노을지는 강가에 이르러서야

조용히 흐르는 물을 보네

도란도란 반짝이며 흐르는
무욕의 무심함이 눈부시네

내 호와 이름이
유수 강만流水 姜滿이니
姜자 하나 슬쩍 江으로 바꿔 넣고
흐르는 물 가득한
이제 나는 강이 되려네
잘 익은 침묵으로 노래하며
흐르고 흘러

하늘에 이르면
지상의 슬픔이야 추억이리니.

- 〈유수의 꿈〉 전문

　현대시는 긴장(tention)과 이미지로 읽히고 인문학적 연결고리의 장치로 '난해성'이 나타나는데, 그는 위의 시처럼 난해성을 배제하고 물이 흐르듯 자연스럽게 시를 빚어냄으로써 독자들을 쓸데없이 괴롭히지 않고 정서적 공감을 얻어내는 장점을 지니고 있다. 이것은 현란한 기교를 부리지 않고도 가장 보편적인 시의 원리로 정서적 공감을 확보할 수 있다는 뜻이다. 시가 무엇인가라는 질문에 '해답은 있어도 정답은 없다'라는 바로 그 원리 말이다. 시인이란 무슨 기상천외의 괴물이거나 언어로 빚어내는 찰리 채플린의 과장된 제스처가 아닌, 일상의 삶 속에서 가장 정직한 시적 진실을 찾아내는 사람이어야 한다.

이른 바 흐르는 물 가득한 강이 되기를 소망하는 그의 삶은 순리적이고 자연스런 궤적을 긋는 노자의 '곡즉전(曲卽全 : 곡선이야말로 완전하다.)'의 코드가 꽂혀 있다. 이는 그의 시를 이해하고 감상하는데 전체적인 코드가 된다. 이 코드의 운용이 '江'의 실체적인 모습이다. 이 시대 역적의 피를 지닌 반항아도, 리얼리스트도 아닌 '인격의 완결성'을 찾아가는 길이 곧 '江'인 셈이다. 그러므로 그의 무위자연無爲自然적인 삶은 여여하고 아름다울 수밖에 없다. 따라서 그의 시에서는 아무리 현실에 대한 반항적인 아이러니나 풍자를 누빈 시일지라도 그 의도가 은유 속에 숨어 있을 뿐, 리얼리스트의 처절한 투쟁과 과격한 폭언은 찾아볼 수 없다. 다음 시를 보자.

자본주의보다 큰 여자의 얼굴이 웃고 있다
십 일 층 백화점 빌딩이 통째
여자의 웃음으로 덮여 있다
웃음 뒤에서 유리창들이
하늘과 별과 구름을 그리워하고 있다
여자는 손에 자본주의 제품을 들고 그걸 사면
오늘밤 침실에서 몸을 주겠다고 속삭인다
웃고 있는 여자의 입술 사이로
식인용 이빨들이 눈부시게 빛난다
백화점 사람들이 달콤한 여자의 입 속으로
구름처럼 빨려 들어간다

오, 저 거대한 블랙홀
바람에 펄럭이며
여전히 여자는 십 일 층
백화점 빌딩보다 큰
자본주의 웃음을 웃고 있다.

- 〈자본주의 여자〉 전문

시인은 자본주의에 근본적으로 회의하고 절망하거나
아니면 고독한 혁명가가 되기를 자처하는 속성을 지니고
있다. 왜냐하면 원래 '자본주의는 추악하다. 그 추악함 속
에 길들여지는 삶은 삶이 아니다'라는 명제가 금세기의
시적 화두로 떠오르고 있기 때문이다. 이러한 화두를 가
지로 시를 빚어내면서도 그러나 그는 결코 혁명가처럼 분
노하거나 절규하지 않는다. 담담하고 넉넉한 시선으로
곡즉전曲卽全의 코드를 운용할 뿐이다.

그의 시세계를 한 마디로 말한다면 '긍정적이고 화해
로운 삶'을 지향하고 있다고 말할 수 있을 것이다. 〈어떤
축제〉라는 작품을 보면 사람이 죽어 치르는 장례를 하나
의 축제로 보고 있다. 이처럼 인간에게 가장 두렵고 슬픈
죽음마저도 그는 긍정적인 시각으로 바라보고 있으며, 목
숨의 소멸을 피할 수 없는 우리들의 운명을 담담하게 받
아들이려는 초월의 꿈을 꾸고 있다. 따라서 그는 이해관
계로 아귀다툼을 하는 현실을 살아감에 있어서도 조금은
뒤에 처져 여유롭고 천천히, 느림의 아름다움 속에 묻혀
살기를 소망한다. 다음 시를 보자.

섬진강은 느림의 미학이다
지리산 기슭을 돌아 하동 포구에 이르기까지
강은 서두르지 않는다

느림은 곡선을 만들고 곡선은 그리움을 만든다
모래 위에 섬진강이 그어 놓은 곡선을
먼발치에서 보기만 하여도
간신히 잊었던 그리움에 피가 돌고
명치끝이 아려온다
그대에게 가는 길을 다시 찾는다 해도
이제 나는 돌아서 갈 것이다
물 속 깊이 반짝여오는 연어를 기다리듯
우리들의 온몸이 열병으로 들끓을 때까지
혹은 그 열병이 봄날 청매실 마을에
매화꽃으로 창궐할 때까지

섬진강 그 느려서 아름다운
나는 강이 될 것이다.

– 〈섬진강을 따라가며〉 전문

이 시에서 보듯 '느림'과 '곡선'의 미학은 광기로 치달
는 현대를 구원할 수 있는 확실한 정신이라고 그는 믿고
있다. '그대에게 가는 길을 다시 찾는다 해도 / 이제 나는
돌아서 갈 것이다' 라든가 '섬진강 그 느려서 아름다운 /
나는 강이 될 것이다' 라는 행간 읽기는 그대로 이 시인의
삶의 방식과 일치되는 것이며 유수강만流水江滿적인 시관

116

詩觀과 인생관을 동시에 드러내고 있다 할 것이다. 그의 시를 '구원과 화해의 시'라 제함도 바로 여기에 있다. '늙 는다는 것'도 그는 슬퍼하지 않고 '쓸쓸한 신의 얼굴을 닮아 가는 것'이라고 능청스럽게 여유를 부리고 있지 않 는가.

하늘은 낮에도 가끔씩 귀를 열고
세상의 소리를 듣는다

하늘을 우러러 보는 사람만이
그 귀를 볼 수 있다.

― 〈낮달〉 전문

위의 시는 이 시집 전편에서 '이미지'의 구사로 능숙한 솜씨를 보인 작품인데(그러나 그는 요즘 유행하는 이미지의 시인은 아니다.) '하늘을 우러러 한 점 부끄럼 없기를…….'이라는 윤동주의 그 부끄러움과 순결성을 그는 하늘에 뜬 낮달에 서 조차 듣는 시인이다. 참으로 절묘한 시상이 아닐 수 없 다. 이런 겸허와 순결성은 〈개망초꽃〉에서 '개망초 개망 초 천하디 천한 이름으로도 / 꽃들은 저리 환하게 웃는 다'라고 노래한다.
　다음은 유유자적하는 노자의 눈을 통한 코드에서 가장 완벽하고 아름다운 상상력의 소산인 시를 읽어보자.

나의 사람은 여름 속에 있습니다

나의 사람은 할머니의 부채 뒤에 있고
원두막 그늘에 있고
모깃불 알싸한 연기 속에 있습니다
여름밤 미리내 개울가에서
이웃 마을 지붕 위로 별똥별을 던지기도 하고
나의 사람은 새벽이면 머루 빛 치마를 입고
은단풍 나무숲에
푸른 유리구슬을 뿌리기도 합니다
그러면 여름 숲이 환한 빛으로 들끓고
세상은 한결 착해집니다

나의 사람은 여름 속에서
포도알처럼 영글고
한 사발의 향기로운 추억도
아침 창가에 놓고 갑니다.

– 〈여름 창가에서〉 전문

'아름답다'라는 말을 시에서 쓸 수 있는 것은 적어도 이처럼 시인의 정신이 한 사물에 부딪혀 '깨달음'을 얻는 것을 말한다. 깨달음이 없을 때 그 '아름다움'은 우리들이 흔히 말하는 유통 언어적 천박성으로 떨어지기 쉽기 때문이다. 이 말은 기계처럼 자동화된 삶은 결코 우리를 새로운 세계로 이끌 수 없음을 뜻한다.

따라서 긍정적인 세계와 화해로운 정신은 그의 시를 낭만적 감상주의에 떨어뜨리지 않고 시의 보편성 원리를 획득하는 키워드가 되고 있다. 모름지기 시는 아름다워야 한다. 텐션과 이미지도 중요하지만 시인의 일관된 정서 체계가 없는 시들이 요즈음 바깥 세상을 얼마나 저급하고 혼탁하게 하고 있는가? 긴장과 이미지의 난발로 가슴은 없고 머리통만 커진 기형적 현대시의 극복 대안을 제시하고 있다는 점에서도 '긍정적이고도 화해로운 세계'를 꿈꾸는 그의 제3시집《유수의 꿈》은 독자들의 가슴에 깊고 조용한 파장을 일으키리라 믿는다.

문운文運을 빈다.